L'ART

DE FUMER.

DE L'IMPRIMERIE D'ÉVERAT, RUE DU CADRAN,
N° 16.

L'ART DE FUMER,

POÈME;

Par A. H. P***.

PRIX : 1 FRANC 25 CENTIMES.

A PARIS,

Chez { CHAUMEROT jeune, Libraire, Palais-Royal, Galeries de bois, n° 189 ;
DELAUNAY, Libraire, Palais-Royal, Galeries de bois, n° 243.

A STRASBOURG,

Chez LEVRAULT, Libraire.

1823.

Ayant satisfait aux conditions exigées par la loi, je regarde-
rai comme contrefaçon tout exemplaire qui ne serait pas re-
vêtu de cette signature :

L'ART
DE FUMER.

> C'est follement qu'un indigne fumeur
> Croit de cet art atteindre la hauteur :
> Si de fumer l'attrait doux et sensible
> N'offre à son âme un charme irrésistible ,
> L'estaminet en vain l'appellera ;
> Pour lui toujours le tabac s'éteindra.
>
> (ART DE FUMER.)

C'est à vous seuls, Fumeurs, que je m'adresse :
Ma jeune Muse a gravi le Permesse ;
Pour vous instruire elle a changé de ton ;
C'est en fumant qu'elle invoque Apollon !
Mais, pour fermer la bouche à la critique,
Il est urgent qu'avant tout je m'explique :
Apprenez donc qu'en parlant aux Fumeurs,
Je n'entends pas tous ces solliciteurs
Qui, chaque jour, assiégeant les ministres,
Montrent partout leurs traits pâles et tristes ;

Et, molestés par d'insolens valets,
Briguent toujours sans obtenir jamais ;
Ni ces auteurs, amans de Melpomène,
Qui, pour cueillir un laurier sur la scène,
Passent trente ans, auprès d'un directeur,
A demander un seul tour de faveur ;
Ni ces maris tout-à-fait débonnaires,
Ces bonnes gens, vrais gibiers de corsaires,
Impunément, et sans trop de façons,
Si largement pillés dans leurs maisons,
Et ne vivant avec quelque décence
Qu'en observant un rigoureux silence.
Tous ces fumeurs resteront dans le sac ;
J'entends ceux-là qui fument..... du tabac.

Aux temps heureux où brillait Isabelle,
Cette princesse et si fière et si belle,
Qui, d'un regard superbe et caressant,
Mit à ses pieds le noble Ferdinand,
Colomb vivait : ce savant politique,
Chacun le sait, découvrit l'Amérique,
Et nous donna ce cadeau peu commun
Qu'au nouveau monde on appelait *petun*.
Les Espagnols, qui formaient son armée,
Séduits bientôt par l'épaisse fumée

Qui, du gosier des bons Péruviens,
Montait au nez de nos soldats chrétiens,
Usèrent tous de ce plaisir bizarre.
Un peu plus tard le farouche Pizarre
Prit du petun, et, loin de Mexico,
Fut le planter aux champs de *Tabasco*.

De là, Fumeurs, sans peine on le peut croire,
Le mot *tabac*, à ce que dit l'histoire.

A cette*époque, amis, je n'aurais pas
Prêché la pipe et ses divins appas;
Car au tabac tous ceux qui faisaient fête
A l'échafaud allaient porter la tête.
Dans notre Europe, on était criminel,
Dès qu'on vantait ce doux présent du ciel.
Je me souviens qu'un jour, en Angleterre,
Le bon Raghliff fut soudain mis en terre,
Par un arrêt légal du parlement.
Qu'avait-il fait? Raghliff tout bonnement
Nous apporta cette plante céleste,
Jugée alors comme un poison funeste.
Pour le punir de ce présent nouveau,
Il fut *occis* par la main du bourreau.

Faut-il ici faire un tableau fidèle,
Mais abrégé, de la guerre cruelle

Que le tabac, quoique bien innocent,
Eut à souffrir sur notre continent?
Mes chers Fumeurs, j'en suis certain d'avance
Vous frémirez : écoutez en silence.
Suivez-moi tous où je vais vous mener,
Et mon récit pourra vous étonner.
Allons d'abord aux confins de l'Asie,
Au beau pays qu'on appelle Turquie;
Nous y verrons Amurat, grand sultan,
Qui le proscrit au nom de l'alcoran.
Quittant le Turc pour aller voir les Perses,
Arrivons-nous, après bien des traverses,
Au vaste empire où commande Seac?
Nouvel outrage à ce pauvre tabac!
Devant les grands, courbés près de son trône,
Seac-Sophi jure, par sa couronne:
« Que tout Persan à fumer entêté
» Sans nul pardon sera décapité ».
Fuyons la Perse, et courons en Russie,
Droit à Moscou, sous la neige engourdie.
Là, le tabac, comme un noble vainqueur,
Dans chaque russe acquérait un fumeur :
Il savourait sa vapeur odorante,
Il respirait sa fumée enivrante;

Et si l'ennui dans son cœur pénétrait ,
Bientôt sa pipe aisément le chassait.
Un jeune amant, trahi par sa maîtresse,
Sur le tabac reportait sa tendresse ;
Un vieux garçon , sans force ni santé ,
Par son secours oubliait la beauté.
En procurant d'agréables chimères ,
Il consolait de toutes les misères.....
Pour en finir, on fumait à Moscou
Tranquillement aussi bien qu'au Pérou.

Mais ici–bas est-il bonheur durable ?
Il arriva (ce n'est point une fable)
Que le feu prit à Moscou par deux fois ;
Toute la ville est alors aux abois.
Le Moscovite avec zèle travaille
A conserver un morceau de muraille ;
Chacun dispute au terrible élément
Son toit chéri , son humble bâtiment....
Trompeur espoir ! La flamme dévorante
Ne laisse plus qu'une cendre fumante ,
Triste débris , souvenir de douleurs
Qu'on vient mouiller de mille et mille pleurs !

Tous les mortels sont certains d'une chose ,
C'est que jamais il n'est d'effet sans cause ;

Or, on s'enquit d'où pouvait provenir
Le mal affreux qui faisait tant gémir.
L'autorité bien dûment informée,
Apprit alors qu'une pipe allumée
Abandonnée un soir dans quelque trou,
Avait hélas ! mis le feu dans Moscou !
On pardonna d'abord à l'innocente ;
Et l'imprudent qui la quitta brûlante,
Fut seul jugé coupable au premier chef :
Aussi partout fuma-t-on de rechef ;
Mais quand Moscou , promptement rebâtie,
Vint à périr encor par l'incendie,
Et que la pipe en passa pour l'auteur,
Le czar entra justement en fureur ,
Et prononça, soit dit sans gasconnade :
» Contre un fumeur , cent coups de bastonnade ! »
    Assurément un fait constant, réel,
C'est que le czar, Fédérowits Michel,
Avait raison d'en user de la sorte ;
Car la leçon était un peu trop forte :
Mais n'est-ce pas le cas , mes chers lecteurs ,
De dire ici : *Les battus sont payeurs ?*
La pipe, hélas ! fut-elle bien coupable ?
Donnons plutôt, oui, donnons tous au diable ,

L'Ignorantin , l'amateur lourd et sot ,
Qui jusqu'au fond ne fumait pas son pot (*A*).
   Quoi qu'il en soit de l'ukase rigide,
Chacun se rit. Le Rumeur intrépide,
Tout en fumant se laissa bâtonner ,
Et ne voulut sa pipe abandonner.
Il fallut donc rendre une autre ordonnance ;
Le czar alors dit en pleine audience :
« Que tous Fumeurs à la pipe obstinés ,
» Par le bourreau verraient couper leur nez ».
Cette ordonnance était un peu sévère ;
Mais de fumer on a cessé, j'espère ?
Non. Le tabac l'emporta de nouveau ;
Et plus d'un nez tomba sous le couteau.
Que fit le czar ? Il dit , en prince habile :
» Changeons , morbleu ! mon ukase inutile ;
» Par Saint-Michel ! si j'attendais trop tard ,
« Je règnerais sur un peuple camard !
» Pour maîtriser cette mode fatale ,
» Opposons lui la peine capitale ».
Dès qu'à Moscou cet arrêt fut rendu,
Chaque fumeur en resta confondu ;
Mais du tabac le séduisant empire
Retint partout ses amans en délire ;

De perdre un nez le Fumeur se moqua,
Et de la mort le tabac triompha.

Du Nord glacé fuyant en diligence,
Arrrivons-nous dans notre belle France?
Chez nous, du moins, les lois ne mettent pas,
Cruellement, les pauvres nez à bas;
Sous le bâton, le fumeur qui s'obstine,
Comme un forçat ne courbe pas l'échine;
On voit partout, sans y trouver de mal,
Fumer ici le noble et le vassal;

Mais tout-à-coup la secte médicale,
Vient du tabac s'ériger en rivale,
Fait contre lui cent mémoires bien lourds,
Et veut, hélas! le chasser pour toujours!
La faculté, très-forte en didactique,
S'écrie : « On croît cette plante exotique :
» Et cela seul la fait chérir de tous,
» Car le nouveau flatte toujours les goûts.
» Apprenez donc, fumeurs hétérogènes,
» Qu'elle tient rang parmi les indigènes,
» Et qu'en Europe, avec pleine raison,
» Elle est classée enfin comme un poison.
» Après cela fumez, si bon vous semble,
» Fumez, fumez, vous mourrez tous ensemble. »

Sur ce discours rempli de gravité,
Beaucoup comptait la docte faculté ;
Mais des fumeurs la cohorte rebelle
Ferma l'oreille et fuma de plus belle.

Or, du tabac les ennemis vaincus,
Voyant enfin leurs efforts superflus,
Suivirent tous un plus sage principe,
En essayant eux-mêmes de la pipe,
Bien résolus, s'il n'y trouvaient d'attraits,
De l'accabler sous le poids de leurs traits.
Incontinent, gravement et sans gêne,
Les voilà donc qui fument l'indigène ;
A chaque pas on voit un médecin
Se promener une pipe à la main.
On voit la plante avec art allumée,
De son gosier s'échapper en fumée,
Former dans l'air cent légers tourbillons,
Et se mêler soudain aux aquilons !
Bref, du tabac telle fut la puissance :
Il procura si douce jouissance,
Qu'en tous pays ses plus fiers détracteurs
Furent bientôt d'intrépides Fumeurs.
Payens, chrétiens le portèrent aux nues,
Peu s'en fallut qu'il n'obtînt des statues :

Des grands sultans il gagna le Harem,
Et pénétrant jusqu'à Jérusalem,
Des fiers Bédouins la cohorte ennemie,
Fuma la pipe aux déserts d'Arabie !!!
  Arrêtons-nous, car j'entends le lecteur
Me dire ici : « Holà ! monsieur l'auteur !
» Vous babillez vraiment comme une pie ;
» Votre promesse est-elle donc remplie ?
» Appelez-vous enfin *l'art de fumer*,
» Ce que pour moi vous venez de rimer ?
» Tout bonnement du tabac c'est l'histoire :
» Qu'en dites-vous ? le fait est-il notoire ?
Oui, j'en conviens, le lecteur a raison ;
Et de bon cœur j'implore mon pardon.
Ma jeune Muse est tant soit peu commère,
Et moi je tiens un peu trop de ma mère.
Je suis parfois long à me mettre en train ;
Mais quand j'y suis, par ma foi ! j'y suis bien ;
Et sans mentir, je jure sur mon âme
Que je tiendrais tête à plus d'une femme.
C'est un défaut, je le dis à regret :
Que voulez-vous, l'homme est-il né parfait ?
  Sans plus tarder, enfin, j'entre en matière,
Et je dirai, pour ma leçon première :

C'est follement qu'un indigne fumeur
Croit de cet art atteindre la hauteur :
Si de fumer l'attrait doux et sensible
N'offre à son âme un charme irrésistible ,
L'estaminet en vain l'appellera ;
Pour lui toujours le tabac s'éteindra.

Vous qui voyez, sans que cela vous touche,
Votre voisin, une pipe à la bouche,
Et vous aussi, qui croyant l'égaler,
Sentez soudain votre cœur s'en aller,
Fuyez, fuyez cette trompeuse amorce,
L'art de fumer surpasse votre force.

Dans l'univers, en tout, on sait , je crois,
Que le bonheur dépend seul d'un bon choix ;
Quand vous prendrez une pipe de terre ,
Ayez donc soin de la choisir légère ;
Que son tuyau (B) surtout soit mince et droit ,
Et que son pot ne cloche en nul endroit.
Un tuyau long craint souvent les secousses ;
Réduisez donc votre pipe à huit pouces ,
C'est-à-peu près la longueur de l'étui
Qu'un bon fumeur porte toujours sur lui.

Selon les mœurs , les goûts, le caractère ,
Diversement chaque pays veut plaire ;

Avec orgueil Tours vante ses pruneaux,
Comme les vins sont vantés à Bordeaux.
Vive Strasbourg pour les pâtés de foie!
Vive Lyon pour fabriquer la soie!
Si nous voulons des couteaux beaux et fins,
Il faut aller en chercher à Moulins.
Dans les couvens de nonnes mitigées,
Verdun toujours envoya ses dragées.
Vous sentez-vous le corps froissé, meurtri,
Vous recourez aux boules de Nancy.
Sur les appas de la belle Thémire,
On voit flotter le schall de Cachemire ;
Et, dans la main des orgueilleux pachas,
On voit briller l'acier fin de Damas.
Malgré les coups de la mode perverse,
On est fidèle aux beaux tapis de Perse.
Bien des mortels iraient je ne sais où,
Pour attraper les mines du Pérou.
Un vieux barbon, faible et paralytique,
Soutient ses ans sur le jonc d'Amérique ;
Et sa moitié, qui n'est pas mère encór,
Lui donne un fils, grâce aux bains du Mont-d'or...!
Mais je ne veux rien citer davantage ;
Et je dirai, sans plus de bavardage :

Si vous voulez un étui recherché ,
C'est dans Arras qu'il faut faire marché.

Pour le tabac craignant la sécheresse ,
A l'enfermer n'ayez point de paresse ,
Contenez-le dans un vase profond ,
Qui soit doublé soigneusement de plomb ;
Il restera plus frais , la chose est sûre ,
Si vous ôtez à l'air toute ouverture.

Quand vous sortez , ayez un sac de peau
(Notez qu'il faut que ce sac soit en veau).
Plus d'un Fumeur expert dans la partie ,
A pour toujours fait choix de la vessie ;
Elle conserve assez bien le tabac ;
Mais moi , Messieurs , je préfère mon sac.

A chaque fois que la pipe est bourrée ,
Comme il convient qu'elle soit récurée ,
Il est urgent de constamment avoir
A votre sac un petit débouchoir (*C*).
A s'engorger la queue étant sujette ,
Munissez-vous aussi d'une épinglette (*D*).

Le luxe outré qui se fourre partout ,
D'orner la pipe aisément vint à bout.
On vit Pékin , pour la cour souveraine ,
En façonner avec la porcelaine ,

Dont les dessins polis et gracieux,
De l'univers surent charmer les yeux.
Moins riche en terre, il fallut bien en France,
Se contenter de les faire en faïence ;
Pourtant, Fumeurs, cette innovation
Fut applaudie en notre nation.
Cédant aux vœux des goûts fins et bizarres,
On en creusa dans les bois les plus rares ;
Chez maint orfèvre on en fit d'argent pur ;
Et le cristal et si clair et si dur,
Obéissant au ciseau de l'artiste,
Lui-même aussi fut couché sur la liste.
Bientôt après, lecteur, on put fumer,
Pour un peu d'or, dans l'écume de mer.

Mais pour fumer dans cette noble écume,
Je vous le dis sans aucune amertume,
En vous gardant d'une vaine fierté,
Consultez bien votre capacité,
Et dites-vous, en âme et conscience :
« Pour m'en servir ai-je assez de science ;
» Ne vais-je pas, en jeune audacieux,
» Gâter, hélas ! un meuble précieux ? »
Mes chers Fumeurs, une preuve citée,
C'est qu'une écume, avec art culotée,

Pour l'amateur est un objet de prix,
Que j'ai vendu plus de trente louis.

De réussir la recette est facile ;
A mes leçons que chacun soit docile,
Brièvement je vais vous indiquer
L'art précieux de n'en jamais manquer.

Achetez-vous une écume nouvelle,
Sans nul défaut, en un mot, blanche et belle ?
Que le culot (*É*) par la main soutenu,
Dans une peau soit par vous contenu ;
Qu'autour de lui, fortement attachée,
Cette partie enfin soit bien cachée.
Chargez alors la pipe sagement,
Quand vous fumez, tirez également.
Pour culotter une méthode sûre,
C'est d'aspirer toujours avec mesure ;
J'entends par-là d'éviter que le feu
S'allume trop ou s'allume trop peu.

Ce fut à rendre un tuyau fort commode
Que s'exerça surtout chez nous la mode ;
On en tressa de toutes les façons,
En soie, en cuir, courbés, droits, courts ou longs.
Bien des fumeurs, énervés et débiles,
Firent leur choix parmi le bois des Iles ;

2..

On rechercha son agréable odeur ;
L'ambre à son tour eut plus d'un amateur.
   C'est quelquefois une chose comique,
Qu'un Fumeur grave, en pose académique,
Qui d'un tuyau s'entourant par trois fois,
Semble un héros qui commande à vingt rois ;
Ou bien ce fat, à la tête légère,
Qui mollement couché dans sa bergère,
Sur deux coussins appuyant ses deux pieds,
Se sert d'un tube au moins long de six pieds ;
Ou bien cet autre à la mine plaisante,
Et dont la pipe à nos yeux représente
Les traits frappans de Mars ou d'Apollon,
De Périclès, d'Achille ou de Caton.
Fier de fumer avec un Diogène,
Il ne sent pas que son seul poids le gêne,
Et qu'il lui faut le secours de sa main,
Pour supporter le sage Athénien (*F*)!
   Laissons, laissons aux Indes réunies
Ces vains hochets, ces pipes embellies ;
Laissons le Turc, le Persan, le Chinois,
L'Arménien, le Grec, le Siamois,
Fumant chez eux tristement, en silence,
Dans un tuyau prouver leur opulence,

En admirer les perles, les rubis,
Et constamment sur des sophas assis,
Passer leurs jours comme des Sybarites,
Entre une pipe et trente favorites.

Pour nous, morbleu! qui fumons, c'est très-bien,
Mais seulement quand nous ne faisons rien,
Retenons bien cet avis salutaire :
La bonne pipe est la pipe de terre,
Que dans le monde, au gré de tous les goûts,
Le bon Fumeur peut avoir pour deux sous.

Ne faites pas fi d'un meuble semblable,
Car ce serait un dédain condamnable.
Je vais d'un mot clairement vous montrer
Qu'aux palais même on le sait révérer.

Un fier guerrier, la gloire de la France,
Dont l'univers admira la vaillance,
Qui fit vingt ans briller notre étendart,
Et mérita le surnom de Bayard (*);
Eut, cher Fumeur, l'agréable folie
De réunir dans une galerie,
La noble pipe où fuma Tamerlan,
Et le foyer qu'alluma Soliman.

(*) Tous mes lecteurs ont déjà nommé M. le Mal Duc de Réggio.

Tous les trésors de la classe fumante ;
Depuis l'Elster jusqu'aux rives du Xante :
Du Pont-Euxin aux bords de la Newa ,
Et des Krapacks au sommet de l'Etna ,
Sont , par ses soins , pour la foule empressée ,
Dans son palais réunis en musée ;
Et cependant, j'ai vu là de mes yeux ,
Parmi les flots de ce luxe pompeux ,
La pipe en terre , humble et simple rivale ,
Répandre au loin le parfum qu'elle exale :
Et dans les mains de cent preux illustrés ,
Se promener sous des lambris dorés !

Tel au milieu d'une cour éclatante ,
Environné d'une foule brillante ,
L'homme savant dont on connaît l'esprit ,
Eclipse tout , malgré son pauvre habit.

Je vous l'ai dit en écrivain sincère :
Chaque pays , répandu sur la terre ,
Montre aisément aux yeux des voyageurs ,
Un changement et de vie et de mœurs ;
Et , si partout dans l'univers on fume ,
Partout aussi chacun a sa coutume.
Le Polonais, l'Allemand , le Hongrois ,
Pour leur usage, ont constamment fait choix

De ces foyers, de ces tuyaux en cornes,
Dont, il est vrai, la durée est sans bornes,
Mais que jamais je ne veux adopter,
Par l'embarras qu'ils donnent à porter.
En Italie, on fume le cigare,
En préludant sur la tendre guitare ;
Et l'Espagnol, libéral et guerrier,
Met son tabac dans un peu de papier,
Qu'il forme en tube, avec beaucoup d'adresse,
En attendant sa dévote maîtresse,
Qui, devant Dieu prosternée humblement,
Court de l'autel dans les bras d'un amant.

Si le tabac ne venait d'Amérique,
On jurerait que sa terre classique
Est la Hollande. En effet, ce pays
A son empire est ardemment soumis.
Le Hollandais, d'humeur attrabilaire,
Fait du tabac un besoin nécessaire ;
Il le console, il est enfin pour lui,
Un stomacal, un véritable ami.
En cette humide et marchande contrée,
Français ou Turc, faites-vous une entrée,
Attendez-vous qu'on vous mettra soudain
Un pot de bière et la pipe à la main.

J'admire assez une façon pareille ;
Et, franchement, c'est agir à merveille ;
Mais, s'il me faut dire la vérité ;
De fumer là je serais peu tenté.
J'aime une pipe artistement noircie ;
D'un foyer neuf, moi, je vous remercie,
Et cependant le noble et le bourgeois ,
Changent de pot, hélas à chaque fois !
Quand du tabac les feuilles sont brûlées ;
Indignement les pipes mutilées ,
Roulent à terre avec un froid mépris,
Et sous les pieds s'écrasent leurs débris !

    Pour motiver cette mode bizarre ,
Que nous devons trouver un peu barbare ,
C'est vainement, Fumeurs, qu'on nous dira :
« Il est séant d'agir comme cela.
» Des Hollandais les pipes renommées ,
» Craignent deux fois de se voir allumées ;
» C'est de leur terre, un fait bien constaté ,
» Qui de tous temps prouva sa qualité ».
Je répondrai : « Des pipes de Hollande ,
» On sait partout que la France est friande ,
» Pourtant, Messieurs, dites-le sans détour,
» Nous en voit-on casser vingt dans un jour ?

» Non , le Français trouve beaucoup plus sage

» De ne jamais déroger à l'usage ,

» Posé chez nous par plus d'un amateur ,

» Qu'un vieux foyer rend le tabac meilleur ».

De ce dicton le Hollandais peut rire ;

Et sans tarder va sans doute me dire :

« Dans mon pays on *donne* noblement

» Ce que chez vous on *vend* très-chèrement.

» Si dans vos mains les pipes sont durables ,

» C'est que jamais on n'en couvre vos tables ;

» Pipes , tabac , tous les deux réunis ,

» Dans nos cafés se délivrent gratis. »

Ce dernier trait semble assez péremptoire ,

D'autant qu'il est exact , on le peut croire ;

Mais quand la France aurait le même sort ,

A mes moutons j'en reviendrais encor.

Ah ! si chez nous on cassait une pipe

Sans qu'un Fumeur ne fît soudain la lippe ,

Notre Vadé , dans un style poissard ,

Aurait-il fait son poème gaillard ?

Dans ma tournée , il est urgent sans doute ,

Que d'Albion je prenne aussi la route.

Qu'y verrons-nous ? de gros et lourds Anglais ,

D'un punch brûlant s'abreuver à longs traits ;

Parler de chasse ou bien de politique,
Lorsque loin d'eux, d'un air froid et comique,
Une mistress, pleine de gravité,
Sans dire un mot leur prépare le thé.
Là, du tabac le règne est éphémère,
On y boit fort, mais on n'y fume guère.
Laissons-les donc, sous la table endormis,
Et revenons dans notre heureux pays.

Qu'appelle-t-on l'art de fumer en France ?
C'est d'allumer la pipe avec aisance ;
Puis en tâchant de ne la point gâter,
De faire tout pour la bien culotter.
Erreur, Messieurs, parmi-nous propagée,
Et dont voici la critique abrégée.

On croit, hélas ! qu'un pot de deux couleurs
Est le triomphe ici des bons Fumeurs.
Noir par le bas, du haut blanc comme neige (G),
Un tel foyer jouit du privilège
De se montrer dans un estaminet
Comme un miracle, un chef-d'œuvre parfait.
Mais songez donc qu'une pipe semblable,
Nous prive tous du plaisir délectable
De la fumer jusqu'au dernier moment.
Pour culoter, il faut assurément

Laisser toujours votre pipe allumée ,
Lorsqu'à moitié vous l'avez consumée.
En vain, dès-lors, vous prendriez le soin ,
Mes chers Fumeurs, d'aller un peu plus loin ;
La terre sue à l'endroit qu'elle marque :
C'est pour le feu le ciseau de la Parque.
  Suivons, amis, suivons plutôt les lois,
Qu'on voit régner dans la Flandre et l'Artois :
En ces pays la pipe est souveraine,
Et là, du moins, la coutume ancienne ,
Est de toujours conserver blancs les pots,
Et de noircir seulement les tuyaux (*H*).
Ce n'est pas là chose bien difficile ,
Et chacun peut , sans être fort habile,
Prouver qu'il est amateur de bon goût ;
C'est de fumer sa pipe jusqu'au bout.
  Mais un secret qu'il faut encore apprendre,
C'est qu'en Artois , tout aussi bien qu'en Flandre ,
A ce seul but point ne vise un Fumeur :
Il en est un qui lui tient plus au cœur,
Auquel pourtant arriver est très-rare ,
Et que je trouve, à dire vrai, bizarre :
C'est de noircir le tuyau tout-du-long ,
Mais à partir d'un pouce du talon (*I*).

Parvenez-vous à ce point désirable ?
Vous possédez une pipe admirable ! (J)
Pour réussir indubitablement,
C'est de toujours aspirer fortement
Quand vous fumez une pipe première,
Et de tirer de la même manière,
Fidèlement, sans y jamais manquer,
Jusqu'au moment où la voyez marquer.

Une autre chose encor très importante,
Qu'il faut apprendre à la classe fumante,
C'est de charger le foyer hardiment ;
Enfaîtez-le bien libéralement.
Hors de la pipe, amis, ce qu'on allume
Semble meilleur, et telle est ma coutume ;
C'est un plaisir par les Flamands vanté,
Et que toujours avec fruit j'ai goûté.

Pour conserver le pot d'un blanc d'albâtre,
Rare beauté dont on est idolâtre,
Craignez surtout de toucher à ses bords,
En allumant votre pipe au dehors.
Mais las ! chez nous, une triste habitude
Vient s'opposer à cette sage étude !
Nous sommes tous, Messieurs, trop ignorans
Pour conserver nos foyers purs et blancs.

Usant toujours d'une mince recette,
L'un fièrement se sert d'une allumette ;
L'autre, plus sot, en vrai gâte-métier,
S'arme soudain d'un morceau de papier :
Plus loin, je vois un fumeur de province,
Prendre un charbon par les bouts d'une pince ;
Là, j'examine un autre gros lourdaud,
Qui met sa pipe au milieu d'un réchaud ;
Ou bien encor, ce grand Jean-de-Nivelle,
Qui bêtement l'allume à la chandelle.
Comment alors espérer de briller,
Avec le pot que l'on vient de brûler ?
Abandonnez cette absurde manie ;
Et jusqu'au bout, suivez moi, je vous prie

Un fait certain, c'est que les bons Flamands,
Sur ce point-là sont beaucoup plus savans.
Chez eux on trouve en tous temps, à toute heure,
Dans les cafés et dans chaque demeure,
Une chauffette allumée avec soin
Et toujours prête à servir au besoin.
Un poussier fin brûle en paix sous la cendre,
Et tout un jour sans peine peut attendre ;
Là, de la pipe on vient poser le pot,
Qui reste blanc et s'allume aussitôt.

Si pour la pipe il est chaud comme braise,
Un bon Fumeur, sans craindre aucun mal-aise,
Peut, surpassant les prouesses d'amour,
Quinze ou vingt fois fumer dans un seul jour :
Matin ou soir , en un mot à toute heure ,
Lorsqu'on boit fort la pipe est bien meilleure ;
Mais en fumant ne buvez pas de vin ;
La bierre seule est le présent divin,
Le doux nectar , la suave ambroisie
Qui noblement à la pipe s'allie.
Si vous voulez goûter un double appas ,
Fumez toujours au sortir d'un repas ;
Car du tabac la vertu digestive,
Est résolue avec affirmative :
Contre la bile un remède certain,
C'est de fumer aussi dès le matin.

Voulez-vous faire une pipe très-belle ?
Quand vous fumez occupez-vous bien d'elle ;
Si vous causez que ce soit doucement ;
Mais ne parlez que peu, que rarement.
Il faut aussi vous bien garder d'écrire ,
De composer, de dessiner, de lire.
Cela s'entend : en occupant l'esprit
Ou répondant à ce que l'on vous dit,

A l'abandon une pipe est laissée ;
Et cette pipe, assez bien commencée ;
Devient alors un triste objet sans art,
Qui s'éteint, meurt ou noircit au hasard ! (*K*)

Mes chers Fumeurs, ma tâche est achevée ;
Sur l'Hélicon ma séance est levée ;
Célébrons tous à l'envi le tabac,
Charme de l'âme, ami de l'estomac ;
Ce bon tabac qui souvent nous inspire
Et dont jamais ne finira l'empire.

Tel autrefois, sur l'autel de Vesta,
Le feu sacré toujours étincela ;
Ainsi partout, cette plante immortelle,
Brûle aujourd'hui d'une flamme éternelle !

F I N.

NOTES.

(A) Pot ou Foyer, tête de la pipe.

(B) Tuyau, ou queue de la pipe ; je me suis servi indifférem-
ment de l'une ou l'autre de ces deux expressions.

(C) Débouchoir, petite broche en fer, cuivre, or ou argent,
selon la figure 1.

(D) Epinglette, fil de métal, selon la figure 2.

(E) Culot, partie inférieure du pot de la pipe.

(F) Diogène le Cynique, naquit à Sinope, ville du Pont : en
ayant été chassé pour crime de fausse monnaie, et s'étant réfugié
à Athènes, où il apprit et enseigna la philosophie, il s'y naturalisa
en quelque sorte, et j'ai cru alors pouvoir me permettre cette li-
cence.

(G) Figure 3.

(H) Figure 4.

(I) Talon, petit bouton, qui joint le pot et le tuyau de la pipe.

(J) Figure 5.

(K) Le choix des pipes est encore un secret qu'il faut apprendre
aux Fumeurs, je les invite donc à user préférablement de celles qui
portent cette marque, sur le talon : W.S. ; selon moi ce sont les
meilleures.